KB096299

| 어린이 독후동시집 |

독후감 길게 쓰기 싫어서 짧은 동시로 쓰다가 책까지 쓴

솜사탕 아이

박제현 지음

처음에는 '독서록 숙제 귀찮아! 후딱 끝내고 놀아야지~'
하는 생각으로 동시쓰기를 시작했습니다.
그런데 어느 순간 재미가 들려 계속 쓰게 되었습니다.

동시를 지을 때 선생님과 친구들의 칭찬을 받으면서
용기가 생겼고, 그 용기로 꾸준히 할 수 있게 되었고,
이제는 책까지 만들게 되어서 정말 기쁩니다.

다음에는 웹툰을 열심히 배워서 재미있는 만화책을
만들어보고 싶습니다.

마지막으로
이 책을 만들어서 나와의 약속을 지켜준 우리 엄마,
고맙습니다. 사랑해요.

솜사탕 아이 박제현

▌목 차 ▌

사르르 녹는
달콤한 마음 솜사탕

꿈

잠이 안 올 때면
뭉실뭉실 떠오르는 꿈

잠이 올 때도
둥글둥글 생각나는 꿈

신기한 꿈, 무서운 꿈
놀라운 꿈, 재밌는 꿈

다양각색 아름다운 꿈

▌읽은 책 | 내 마음이 말할 때
(마크 패롯 글· 에바 알머슨 그림)

마음 속

너의 마음은 어때?
행복함? 무서움?
아니면 짜증남?

너의 얼굴은 특별해.
그럼 너의 마음도 특별하지.
너의 마음을 느껴봐.

달 샤베트

아주 크고 밝은 달.
근데 만약 아이스크림이 된다면?
참 맛이 실 것 같아.

그치만...
단맛도 있겠지?

은퇴한 슈퍼거북의 행복

달리기 경주에서 진 후
다시 평범한 거북이가 되었어.

봄에는 소풍가고 정원에서 꽃도 키웠어.
여름에는 수영도 즐기고
바닷가로 여행도 갔었을걸?
가을에는 낙엽으로 놀고
해먹에서 책을 읽었지.
겨울에는 따뜻한 코코아도 마시고
눈놀이도 했었을꺼야!

그렇게 오래오래 행복하게 살았어!

결혼식

두근두근
떨리는 결혼식

짝짝짝
축하해주는 하객들

또르륵
눈물을 깨우는 감동의
축하편지까지

결혼식은 위대하다.

모두를 눈물에
적셔버리니깐.

빛

모든 사람들에겐
빛이 있습니다.

서로를 도와주고
따뜻함, 소중함을 받습니다.
환자, 장애인이라도
빛은 모두 있습니다.
빛은 동식물도 있습니다.

모두에게 빛은 있습니다.

눈사람

뽀득뽀득
온 세상이 하얀세상
눈을 뭉쳐서 눈사람이 되네.

그러나 눈은 녹고 햇살이 들어온다.
1년간 기다리는 겨울.

너랑 다시 만날 수 있기를……

소녀의 노력

스케이트를 타는 소녀.

이 점프는 어려울 것 같네.
힘들게 연습했을텐데...
실패해서 속상하겠다.

부스럭부스럭.

종이는 구겨졌지만
포기하지 않는 소녀.

우린 벚꽃이야

추운 겨울이 와도
세찬 바람이 불어도
꿋꿋이 버티는
우리는 벚꽃이야.

봄비가 오고
예쁜 꽃이 피어나면
꿈을 이뤄낸
우리는 벚꽃이야.

빙글빙글 커지는
달달한 우정 솜사탕

설레는 마음

설레는 마음을 가득 안고
친구들을 만나러 갑니다.

문구점, 학교를 지나서
우리집 옆 놀이터로 갑니다.

기대한 마음
설레는 마음을 가득 안고
친구들을 만나러 갑니다.

시소

우리 둘이면 움직이는
시소
오르락, 내리락
하나, 둘 움직이는
시소
꺄르륵 웃으며 타는
시소

너, 나

나는 소리를 잘 질러.
너는?
나는 딴짓을 잘해.
너는?
나, 너는 모두 다를 거야.
하지만
마음 한 곳은 너와
같고싶어.

당근 유치원

오늘도 들석들석한
당근 유치원

어머! 오늘 새로운 친구가 있다.
불만이 가~득 있는 친구.
처음엔 다 그렇듯이 어색하다.
그러다 선생님 덕분에 익숙해지고 친해진다.

이젠 하루종일 있고싶은 유치원
우리랑 다 똑같다.

짝꿍

항상 내 옆에 있는 짝꿍
같이 붙어있는 짝꿍
체험 할 때도
조가 될 때도
같이 있는 짝꿍
하지만...
코로나 때문에 없는 짝꿍
헤어지는 짝꿍

나의 친구

우리는
싸울 수도 있고
다툼이 일어날 수도 있어.
하지만 우린 친구야.
하하호호 같이 웃는 친구.
싸우고 화해하고
이게 다 더 친해지는
과정이야.

폭력, 따돌림

친구를 괴롭히는 따돌림.
그걸 지키는 폭력.
지켜주는 것은 좋지만
폭력은 폭력이다.
다음엔 어른들을 부를 것.
이제는 그걸 지킬 것.

우린 함께야

따르릉 따르릉

우린 항상 함께야.
큰 불행이 덮쳐와도
겁내지 않아.

왜? 우린
영원한 친구니깐.
다시 빛을 향해 달려가.

우린
더 좋은 친구로
성장할 거야.

알록달록 다양한
레인보우 생각 솜사탕

목욕탕

슥슥 박박
하루종일 바쁜 물고기 목욕탕.
남탕, 여탕 들어가서
너도 나도 때를 밀고있네.

그나저나…

여탕에 있는 성게는
어떻게 때를
밀었을까?

심장

두근두근
심장은 참 신기하다.

가만히 있으면
들리고

놀고 있으면
안들린다.

하지만...
심장은 항상
뛰고 있다.

띄어쓰기

깡충깡충
토끼가 뛰어가듯 띄어쓴다.
토끼가 뛸 때마다
글씨도 뛴다.

토끼가 걸어가면 이상하고
글씨도 이어서 쓰면 이상하다.

깡충깡충
토끼가 뛰어가듯
글씨도 띄어쓴다.

봉지와 봉투

봉지는 무언가를 많이 담고 튼튼하지만
예쁘고 부스럭거려요.

봉투는 예쁘고 소리가 안 나지만
잘 구겨지고 많이 못 담아요.

서로 단점을 줄여주고
장점을 늘려요.

소질, 재료도 서로 다르지만
모두 필요한 물건이에요.

사계절

봄, 여름, 가을, 겨울
모두 농부에게 필요한 날입니다.

봄은 씨앗, 종자를 심습니다.
지렁이도, 벌레도 열일하면
예쁜 꽃이 피어나요.

여름은 과일을 따고,
장마가 내려옵니다.

가을은 수확의 날입니다.

겨울은 김장을 하고,
동물들을 위해 몇 개를 남깁니다.
그렇게 사계절이 지나갑니다.

괴물, 환경오염

괴물들은 없다.
왜냐하면 사람들이
괴물들의 살 곳, 안락처를
환경오염으로 부숴버렸기 때문이다.

다행이긴 하지만
우리 사람들도 언젠가
사라질 것이다.

나 는 봉지

나 는 봉지
이리저리 날라다니는 봉지

마트에서 볼 수 있는 나
북극, 남극을 사라지게한 우리엄마 비닐

"난 속상해...
어쩌다 이렇게 되었을까?"

자신한테도 버려지는 봉지

몽글몽글 피어나는
가족웃음 솜사탕

마음은 하나

내가 사춘기가 와도
엄마랑 크게 싸웠을 때도
마음은 하나야.

나중에는 서로 보고싶고
그리울 거야.

지금부터 말해주자.
우리의 마음은 하나...

▌읽은 책 | 코끼리 아저씨와 100개의 물방울
(노인경 글·그림)

우리 아빠

나는 우리 애기들을 위해 물을 뜨러 간다.

무서운 길, 울퉁불퉁한 길,
다 지나서
물이 없어졌다.

아이들을 위해 힘들게 모은 물.
눈물이 쏟아진다.

눈물 덕분에 채워진 물.
"아빠 감사합니다!"

호호호

호호호 호호호 아줌마가 왔어요~
오늘은 아줌마가 우리엄마 됐어요!
호호분식도 가고
소소하게도 가고
떡볶이, 팥빙수 모두 같이 먹어요~

맛있는 똥파리

부모님이 나가시면
나는 동생들을 돌본다.

파리를 잡아서 이리주고 저리주고
힘들게 일한다.

그래도 똥파리를 먹고나면
힘이 난다.

부모님이 또 나가시면
나는 또 파리를 구한다.

나의 형

우리 형은 친절하면서 무섭다.
같이 싸우고 같이 논다.
무섭지만 괜찮다.
왜냐하면 나의 형 이니깐.

울고, 웃고, 놀고, 싸우면서
항상 함께 있다.
나의 가족, 또 형 이니깐.

언니 몰래

띠리링!
언니 폰에 슬그머니 다가가
언니 몰래 슬그머니
뾰뵤봉!
게임을 했다.
이크!
혼나기 전에 도망가야지~
철컥!

나의 정원

싹둑싹둑
쓰윽쓰윽

이곳은 나만의 정원.
나만의 신기한 정원.

예쁜 꽃, 신선한 야채, 과일
신선한 물, 딱 좋은 환경.

나만의 정원에 놀러오지 않을래?

방학

학교에서 방학을 하면
너도나도 놀러간다.
해외여행, 캠핑, 바닷가 등등
가족, 친구들이랑 놀러간다.
누구랑 같이 가고 싶은 여행.
차타고, 비행기타고, 배타고....
먼 여행, 가까운 여행 다 간다.
아쉬운 여행, 즐거운 여행.
그리워지는 학원, 숙제, 또 다른친구들....
또 가고싶은 여행 장소들이
생긴다.

"이 독서기록장 다 쓰면 네가 쓴 동시 모아서 엄마가 책으로 만들어줄게~"

동시쓰기에 막 재미 붙인 아이에게 동기부여를 위해 얼떨결에 내건 공약이었는데, 더 얼떨결에 공약을 지키게 되었습니다.

3학년이 되니 학교에서 숙제로 내주는 독서록을 쓰기 싫어서 징징대며 우는 아이와 매일같이 실랑이를 하다가 한미화 작가님의 '쓰면서 자라는 아이들' 책을 읽게 되었고, 어른의 기준으로 아이의 글을 평가하지 않는 노력을 시작했습니다.

'이게 무슨 동시냐, 왜 동생 그림책을 읽고 쓰냐, 책 내용과 너무 다르게 쓰는 거 아니냐' 속으로 부글부글 끓어오르는 오만가지 잔소리를 꾹꾹 참아가며 아이가 동시를 다 쓰고 나면 스스로 큰 소리로 읽게 한 후 무조건 물개박수로 마무리하였습니다.

엄마에게 평가를 받지 않자 어느덧 아이는 자기 생각이 떠오르는 대로, 느끼는 대로 편하게 동시를 쓰더니, 이제는 동시뿐만 아니라 글쓰기 자체를 즐겁게 하고 있습니다. 일기도 세 줄을 못 넘기던 아이인데 이제는 한 장을 꽉 채워 쓸 정도로 자신의 이야기를 술술 써 내려가는 모습이 신기할 뿐입니다.

변화는 저에게도 나타났습니다. 독후감에는 자기반성과 교훈을 써야하고, 글은 감상이 아닌 평가를 해야한다는 태도를 벗어버리니 아이의 글을 읽는 것이 마치 아이의 일기장을 보는 것 같이 재미있게 느껴졌습니다.

아이의 독서기록장에 빨간펜 대신 따뜻한 메모로 건네준 정주은 담임선생님의 관심과 친구들 앞에서 자신이 쓴 동시를 낭독하며 받았던 박수, 잘한다 잘한다 해주는 이웃 이모삼촌들의 아낌없는 칭찬들이 모여 아이를 함께 성장시켰습니다. 모두들 덕분입니다. 항상 고맙습니다.

아이가 패드를 이용해서 맨날 쓸데없는 그림들을 그린다고 생각했는데 어느덧 이렇게 내지에 삽입할 이미지도 그린다니 그래도 아예 쓸데없는 짓은 아니었나

봅니다. 다음번에는 또 어떤 쓸데없는 짓들이 모여서 아이만의 특별한 내공이 될지 기대가 됩니다.

책으로 만들지 않았으면 솜사탕처럼 사르르 없어졌을지도 모르는, 2022년 10살 아이의 노력과 생각이 담긴 동시들을 이렇게 책으로 남길 수 있게 되어 감사한 마음입니다.

오늘도 이렇게 아이와 함께 성장합니다.

솜사탕 아이 엄마 이민경

▍알록달록 다양한 레인보우 생각 솜사탕

▍몽글몽글 피어나는 가족웃음 솜사탕